Para Sam y Kate y esas
noches tan, tan acogedoras. A. H.

Para D. A. R. y K. G. J. (porque los chicos grandes
también tienen que tomar su medicina). A. J.

¿No te sientes bien, Sam?

Amy Hest   Ilustrado por **Anita Jeram**

Traducción de **Alberto Jiménez Rioja**

¿NO TE SIENTES BIEN, SAM?
Spanish translation copyright © 2002 by Lectorum Publications, Inc.
Originally published in English under the title
DON'T YOU FEEL WELL, SAM?
Text © 2002 Amy Hest
Illustrations © 2002 Anita Jeram
Published by arrangement with Walker Books Limited, London

Printed in China

10 9 8 7 6 5 4 3 2 1

Library of Congress Cataloging-in-Publication Data
Hest, Amy. [Don't you feel well, Sam? Spanish]
¿No te sientes bien, Sam?/Amy Hest; ilustrado por Anita Jeram;
traducción de Alberto Jiménez Rioja. p. cm.
Summary: When Sam has a cough, Mrs. Bear tends to him all through the cold night.
ISBN 1-930332-39-4
[1. Sick--Fiction. 2. Mothers and sons--Fiction. 3. Bears–Fiction.
4. Spanish language materials.] I. Jeram, Anita, ill. II. Title.
PZ73 .H473 2002
[E]–dc21
2002066103

Era una noche fría, muy fría,
en la calle del Prado.

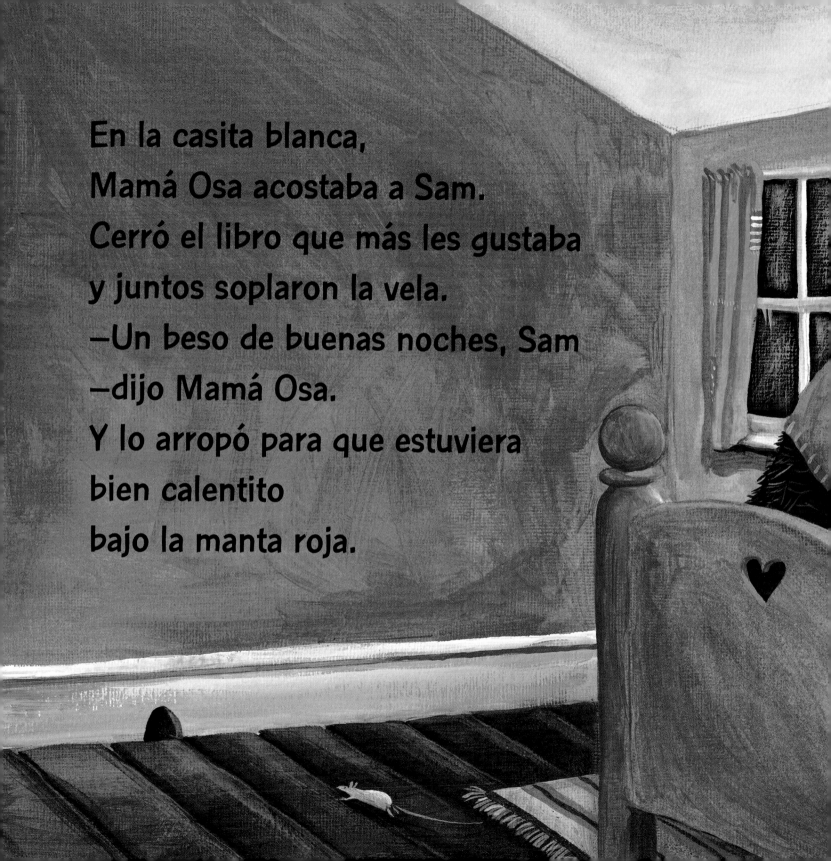

En la casita blanca,
Mamá Osa acostaba a Sam.
Cerró el libro que más les gustaba
y juntos soplaron la vela.
—Un beso de buenas noches, Sam
—dijo Mamá Osa.
Y lo arropó para que estuviera
bien calentito
bajo la manta roja.

Pero, de repente oyó una tos... *¡cof, cof!*
Y vio a Sam, tan pequeño,
sentadito en su cama,
tosiendo.

Mamá Osa lo rodeó con sus brazos.

—¿No te sientes bien, Sam?

Sam sacudió la cabeza. *¡Cof, cof!*

—¡Pobrecito Sam! —dijo Mamá Osa,
mientras lo abrazaba con más fuerza
y lo besaba en la mejilla caliente.

—Tienes tos —dijo.

Bajó las escaleras corriendo
y regresó a los pocos
instantes... con el jarabe.

—¡Abre bien la boca, Sam! —dijo Mamá Osa.

Sam sacudió la cabeza.

—¡Sabe *mal*! —dijo.

—Lo sé —dijo su mamá—. Pero tienes que ser valiente.

Sam metió la cabeza debajo de la manta.

—¡No tengo tos! *¡Cof, cof!*

—A ver Sam, abre la boca —repitió su mamá.
Sam se quitó la manta de la cabeza.
Abrió la boca y la cerró de golpe.
La cuchara era demasiado grande.

—Muy grande —dijo Sam—.
¡Cof, cof!

—Puedes hacerlo —dijo Mamá Osa—.
¡Sé que puedes, Sam!
Sam volvió a abrir la boca
y la cerró de golpe.
Era mucho jarabe
y la cuchara era muy grande.

—¡Es mucho! —dijo Sam—.
¡Cof, cof!

Mamá Osa limpió
la escarcha
de la ventana
y miró afuera.
—Pronto nevará —dijo.

—Abre bien la boca, Sam, y después
iremos abajo y esperaremos
la nieve.

¡Nieve!

Sam abrió bien la boca.
La abrió todo lo que pudo.
Se atragantó, resopló,
puso cara de asco
y se tragó el jarabe.

—Sam es valiente —dijo él.

Mamá Osa y Sam
bajaron las escaleras
agarrados de la mano.
Sam llevaba su bata,
que era azul, igual que
sus zapatillas.

Encendieron el fuego en la cocina,
y prepararon té.
Mamá Osa le echó bastante miel,
y era dulce y agradable de tomar.

Después del té, se sentaron en el gran sillón morado junto a la ventana y esperaron la nieve. Mamá Osa le contó un cuento sobre un oso llamado Sam.

A Sam le gustó tanto que se lo contó otra vez.

—¡*Cof, cof!* —se oía la tos de vez en cuando.

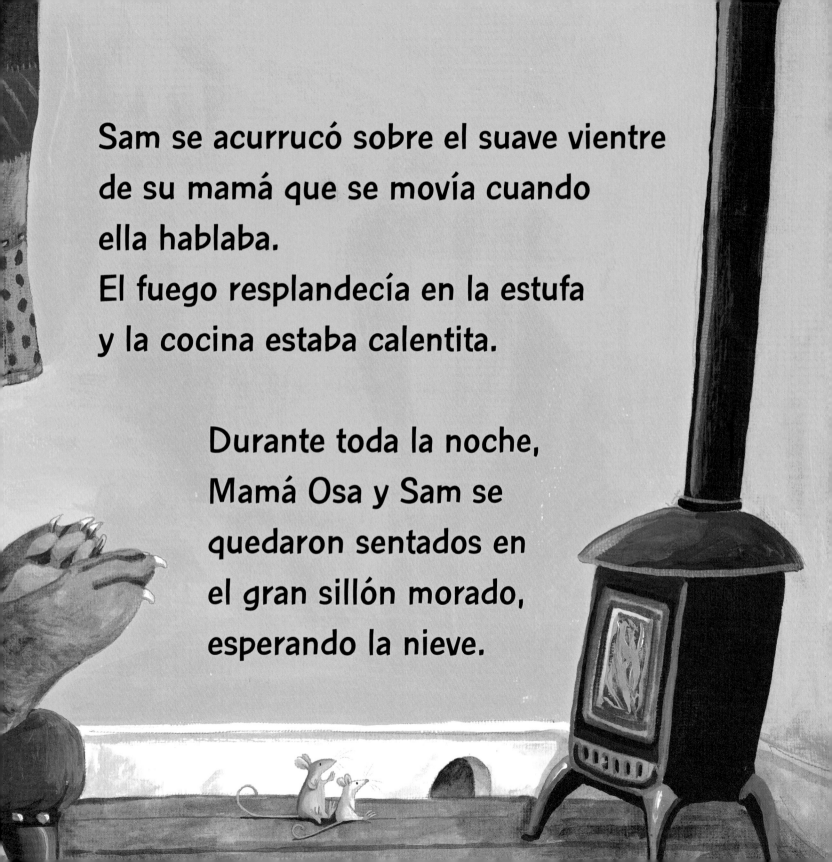

Sam se acurrucó sobre el suave vientre de su mamá que se movía cuando ella hablaba.
El fuego resplandecía en la estufa y la cocina estaba calentita.

Durante toda la noche, Mamá Osa y Sam se quedaron sentados en el gran sillón morado, esperando la nieve.

Hasta que finalmente
nevó.

C'était au temps où les cochons chantaient.
   Les singes chiquaient du tabac,
Les poules prisaient pour se donner des airs
   Et les canards faisaient coin-coin.

Données de catalogage avant publication (Canada)

Duchesne, Christiane, 1949-

Les trois petits cochons

Pour enfants.

ISBN : 2-7625-7778-0

I. Titre.

PS8557.U265T76 1994   jC843'.54   C94-940790-9

PS9557.U265T76 1994

PZ23.D82Tr 1994

TheThree Little Pigs
Copyright © 1994 Marie-Louise Gay
publié par A Groundwood Book
Douglas & McIntryre

Version française
© Les éditions Héritage inc. 1994
Tous droits réservés

Dépôts légaux : 3e trimestre 1964
Bibliothèque nationale du Québec
Bibliothèque nationale du Canada

ISBN : 2-7625-7778-0

Imprimé à Hong-Kong

Les éditions Héritage inc.
300 Arran, Saint-Lambert (Québec) J4R 1K5
(514) 875-0327

LES 3 PETITS COCHONS

ILLUSTRÉ PAR MARIE-LOUISE GAY

Adaptation de Christiane Duchesne

EH Héritage jeunesse

Il était une fois trois petits cochons qui vivaient avec leur vieille mère. La pauvre truie n'arrivait plus à les nourrir. Elle les laisse donc un jour partir à l'aventure pour qu'ils puissent se faire une bonne vie.

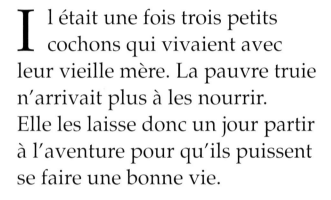

Le premier petit cochon rencontre
un fermier qui porte de la paille sur son dos.
— S'il vous plaît, monsieur, pourrais-je
avoir un peu de paille pour construire
ma maison ?
Le fermier lui donne de la paille et le petit
cochon se construit une maison.

Arrive alors un loup !
Il frappe à la porte.
    — Petit cochon, petit cochon,
ouvre-moi, ouvre donc...
    — Par la barbe de tous
les cochons, jamais, jamais tu
n'entreras !
    — Attention, je me fâche !
Je vais souffler, souffler
et ta maison ne sera plus
qu'un petit tas de paille !
    Le loup se fâche, il souffle,
souffle, fait tomber la maison
et dévore le petit cochon.

Le deuxième petit cochon rencontre
un bûcheron qui transporte du bois.
— S'il vous plaît, monsieur,
pourrais-je avoir un peu de bois
pour construire ma maison ?
Le bûcheron lui donne un peu
de bois et le petit cochon se construit
une maison.

Arrive alors le loup qui frappe
à la porte.

— Petit cochon, petit cochon,
ouvre-moi, ouvre donc...

— Par la barbe de tous les cochons,
jamais, jamais tu n'entreras !

— Attention, je me fâche ! Je vais
souffler, souffler et ta maison ne sera
plus qu'un petit tas de bois !

Le loup se fâche, il souffle, souffle,
fait tomber la maison et dévore
le petit cochon.

Le troisième petit cochon
rencontre un maçon qui transporte
des briques.

— S'il vous plaît, monsieur,
pourrais-je avoir des briques pour
construire ma maison ?

Le maçon lui donne des briques
et le petit cochon se construit
une maison.

Qui arrive donc alors ?
Le loup... qui frappe
à la porte.
— Petit cochon,
petit cochon, ouvre-moi,
ouvre donc...
— Par la barbe de tous
les cochons, jamais, jamais
tu n'entreras !
— Attention, je me
fâche ! Je vais souffler,
souffler et ta maison ne sera
plus qu'un tas de briques.
Le loup se fâche,
il souffle, souffle, se fâche
plus fort et souffle encore.
Mais la maison ne tombe
pas.

Le loup comprend qu'il ne pourra jamais faire tomber la maison de brique même en soufflant comme un ouragan.

— Petit cochon, petit cochon, connais-tu ce champ où poussent les meilleurs navets ?

— Où ça ? demande le petit cochon.

— Derrière chez Félicia ! Je viendrai te chercher demain matin et nous irons ramasser des navets pour notre dîner.

— Je serai prêt ! À quelle heure viendras-tu ?

— À six heures ! dit le loup.

Le lendemain matin, le petit cochon est debout à cinq heures et il court ramasser les navets. À six heures, le loup arrive, prêt pour la cueillette.

— Petit cochon, es-tu déjà prêt ?

— Tellement prêt que mes navets sont en train de cuire ! dit en riant le petit cochon.

Le loup essaie tant bien que mal de cacher sa colère.

— Petit cochon, connais-tu ce verger où poussent les plus belles pommes ?

— Où ça ? demande le petit cochon.

— Dans les jardins de monsieur Julien. Ne me joue pas de vilains tours ! Je viendrai te chercher à cinq heures et nous irons ensemble cueillir des pommes pour notre dîner.

À quatre heures le
lendemain, le petit cochon
est déjà levé. Il court chez
monsieur Julien et cueille
ses pommes à toute allure.
Mais il a mal calculé
son coup. Il a tout juste
le temps de grimper
dans un pommier :
il voit le loup qui
arrive au galop
(et, il faut bien
le dire, le petit
cochon a très
peur du loup).

— Petit cochon, tu étais encore
là avant moi ! Elles sont bonnes,
ces pommes ?

— Délicieuses ! Tu en veux une ?

Le petit cochon lance une pomme
au loup, si fort, si loin qu'il a
le temps de rentrer chez lui avant
que le loup ait attrapé la pomme.

Le lendemain, le loup revient
frapper chez le petit cochon.

— Petit cochon, viendrais-tu
à la foire du village avec moi ?

— Avec plaisir ! À quelle heure ?

— À trois heures, dit le loup.

Le petit cochon se rend à la foire bien
plus tôt que prévu. Il s'amuse bien
et s'achète une baratte à beurre.
Il l'installe sur son dos et prend le chemin
du retour quand il voit venir... le loup !
Il se cache dans la baratte, qui se met
à dévaler dangereusement la pente.
Le loup est si effrayé qu'il court
s'enfermer chez lui sans aller à la foire.

Plus tard dans la journée, il frappe
encore chez le petit cochon et lui raconte
sa grande frayeur.

— Ah ! dit le petit cochon. Je t'ai donc
fait peur ! J'ai acheté une baratte à beurre
et je l'ai fait rouler jusqu'au pied de
la côte.

Le loup entre dans une terrible colère.

— C'en est trop ! Je vais passer par la cheminée et te manger tout cru !

Ainsi prévenu par le loup,
le petit cochon remplit d'eau
la marmite et allume un grand feu.
Quand le loup descend, le petit
cochon soulève le couvercle
et le loup tombe dans l'eau
bouillante. Le petit cochon replace
le couvercle, fait mijoter le loup
et le mange pour souper.

Depuis ce jour, il est le plus heureux
de tous les petits cochons.